SOCIÉTÉ

DES

BIBLIOPHILES NORMANDS.

H

Z
3435
(10-13)

DON
55 02117
0486

N° 52.

MINISTÈRE DE L'INSTRUCTION PUBLIQUE.

INVENTAIRE

DU MOBILIER

DU CHATEAU DE CHAILLOUÉ

DE L'ANNÉE M.CCCC.XVI

PUBLIÉ D'APRÈS UN MANUSCRIT DU TEMPS

PAR

CHARLES DE ROBILLARD DE BEAUREPAIRE.

ROUEN

IMPRIMERIE DE HENRY BOISSEL

—

M.DCCC.LXVI

8° Z
33435
(10)

BIBLIOTHÈQUE NATIONALE
R.F.
IMPRIMÉS

INTRODUCTION.

De nombreux inventaires de mobiliers de l'époque féodale ont été publiés dans ces derniers temps par MM. Leroux de Lincy, Douët d'Arcq et de Laborde (1). Bien que la lecture de ces documents soit, en général, fort aride, on ne saurait nier pourtant qu'elle ne présente une utilité réelle et qu'un continuateur de l'œuvre de Legrand d'Aussy ne pût trouver à cette source des renseignements précieux pour l'*Histoire de la vie privée des Français*, en ce qui con-

(1) V. *Inventaires des biens meubles et immeubles de la comtesse Mahaut d'Artois pillés par l'armée de son neveu, en* 1313, publication de M. Leroux de Lincy, Bib. de l'Ecole des Chartes, t. III, 3e série, p. 52 et suiv. — *Comptes de l'Argenterie des Rois de France au* XIVe *siècle*, par M. L. Douët-d'Arcq. — *Comptes de l'hôtel des Rois de France aux* XIVe *et* XVe *siècles*, par le même. — *Les Ducs de Bourgogne* et *la Renaissance des Arts à la cour de France*. — *Notice des Emaux, bijoux et objets divers exposés dans les galeries du Louvre*, par M. de Laborde, t. II.

cerne l'industrie, le commerce et les arts (1). Cette considération et l'exemple des savants dont nous venons de citer les noms, ont engagé la *Société des Bibliophiles normands* à comprendre parmi ses publications l'*Inventaire du mobilier du château de Chailloué, de l'année* 1416, inventaire manuscrit et inédit provenant des archives de la maison de Harcourt et dont nous devons la communication à l'obligeance de M. Gustave Grandin. Ce n'est pas, assurément, que ce château puisse entrer en comparaison avec les maisons royales et princières dont l'intérieur nous est à présent connu. Mais comme on peut le prendre pour un type de ces demeures féodales, plus fortes qu'élégantes, qui viennent immédiatement avant les manoirs des simples fiefs, il y a lieu d'espérer de la description de son mobilier, quelques révélations curieuses sur le genre de luxe et sur les habitudes de vie d'une partie notable de la noblesse vers la fin du règne de Charles VI. Ainsi pour nous en tenir à quelques points, on prendra intérêt, nous l'espérons, aux souvenirs de pélerinage, aux mentions d'objets d'art, de la licorne et de certaines pierres auxquelles on attribuait des propriétés médicales, à la liste des livres qui formaient la bibliothèque de sire Yves de Vieupont. Ces livres auxquels il toucha, sans doute, moins souvent qu'à son épée,

(1) Les trois volumes de *l'Histoire privée des François*, de Legrand d'Aussy, n'ont trait qu'à la nourriture.

n'étaient point, il faut en convenir, bien nombreux. Il n'y en avait, en effet, que seize, et pas un (il n'est pas question des livres saints) n'appartenait à la belle époque de la littérature.

C'étaient le *Psautier*, — l'*Apocalypse* de Saint Jean en français, — le livre de la *Consolation* de Boèce (vraisemblablement la traduction de Jean de Meung), — l'Itinéraire du médecin anglais Jean de Mandeville qui parcourut l'Egypte, l'Arabie, la Perse et la Chine, — l'*Arbre des Batailles* d'Honoré Bonnet (Brunet, I, 378), — les *Dits des Philosophes* de Guillaume de Tignonville (Brunet, II, 765), — l'*Histoire de Mélibée et de Prudence sa femme* de Christine de Pisan (Brunet, III, 1589), — le *Codicile et Testament de maître Jean de Meung* (Brunet, III, 1679), — le *Jeu des Echecs moralisé*, traduction d'un traité de *Jacobus de Cessolis* (Brunet, III, 480), — la *Somme des Vices et des Vertus* de frère Laurent (Brunet, V, 436), — le *Roman des trois pèlerinages* de Guillaume Deguilleville (Brunet, II, 1822), — le *Livre de la Passion* (peut-être un des traités indiqués par Brunet, IV, 433), — un petit livre de sermons, — la *Filipine* (1), —

(1) M. Léopold Delisle qui a bien voulu nous aider dans la détermination du titre et des auteurs de ces ouvrages, nous signale dans un inventaire, du mois de janvier 1468, conservé à la Bibliothèque impériale, papiers de Lancelot, portefeuille intitulé *Longueville* : « Ung grant livre appelé la Phelipine autrement l'Appocalice avecques l'ologe de sapience. »

le livre de *Dame Pensée* ou *Parensée*, deux œuvres littéraires qui nous sont complètement inconnues. Le moindre écolier de nos jours se procurerait à peu de frais une collection d'ouvrages plus complète et d'un meilleur choix.

Yves de Vieupont avait acquis, en 1392, la terre de Chailloué de Jean de Vieupont, chevalier, seigneur de Thoury en Sologne, auquel il céda en échange la seigneurie de la Motte, sise en la paroisse de Frousse, tenue de l'évêque de Chartres. En concluant cet accord, Jean de Vieupont se réserva l'usufruit de Chailloué et le droit de nommer à la chapelle qui en dépendait. Mais il autorisa dès lors Yves de Vieupont à placer à Chailloué des officiers de guerre et de justice, un capitaine et un sénéchal et à prendre toutes les mesures nécessaires pour la garde du château. (Contrat passé à Beaugency sous le grand sceau de la prévôté le 8 mars 1393) (1). Dès le 13 avril suivant, Yves de Vieupont prit possession de Chailloué, et peu de temps après Jean de Vieupont mourut. Marie de la Ferrière, femme de Louis Dupont, écuyer, sieur de Hauterive, prétendit alors à la terre de Chailloué, en qualité de plus prochaine héritière de Jean de Vieupont. S'étant rendue sur les lieux

(1) En 1379, ce même Jean de Vieupont, seigneur de Chailloué et de Thory, en Sologne, avait vendu au roi Charles V, six-vingts quinze livres à prendre sur les festages de la ville de Beaugency-sur-Loire pour la somme de 700 francs d'or. De la Roque, *Histoire de la maison de Harcourt*, t. II, p. 1,587.

afin de prendre possession, elle trouva le château occupé par les gens d'Yves de Vieupont, qui refusèrent de lui ouvrir les portes et lui opposèrent l'acte d'échange du 8 mars Il s'en suivit un procès qui fut porté aux assises d'Essay, en 1394, et terminé par un arrêt de l'échiquier d'Alençon qui donna gain de cause à Yves de Vieupont le 17 septembre 1397. Il est à remarquer qu'aucune des pièces auxquelles nous empruntons ces renseignements ne fait connaître le degré de parenté qui existait entre Yves de Vieupont et Jean de Vieupont, et entre ce dernier et Marie de la Ferrière (1).

D'après l'histoire de la maison de Harcourt, Yves de Vieupont était fils de Jean, sire de Vieupont et de Courville, et de Jeanne de Vendôme, veuve de Charles, baron d'Ivry et seigneur de Bruselon. Il épousa Blanche de Harcourt, fille de Philippe de Harcourt, baron de Bonnestable et d'Arscot, et de Jeanne, dame de Tilly, baronne de Beauffou et de Beuvron.

Il possédait au moment de son mariage les seigneuries de Vieupont, de Courville, de la Motte, de la Forest, de Trocy, de Bussy, de Villepreux, de Basémont, de Besanville, de la Ringergerie. Il était chambellan du Roi et du duc d'Orléans. Par contrat de mariage daté du 14 mars 1400, le baron de Bonnestable s'engagea à bailler aux futurs

(1) Documents originaux communiqués par M. Gustave Grandin.

mariés et à leurs hoirs une rente de 300 livres par an, au capital de 3,000 fr., dont 1,000 seraient payés le jour des épousailles et les autres 2,000 fr. seraient convertis et employés en héritage par le sire de Vieupont, au nom et ligne de Blanche de Harcourt. Ce fut là toute la dot : le capital ne put être fourni et la rente fut mal payée. Après la mort d'Yves de Vieupont et de sa femme, cette rente donna lieu à des contestations entre les deux familles alliées. Les héritiers de Blanche de Harcourt réclamèrent les arrérages dont le paiement avait été interrompu pendant le temps de l'occupation anglaise. Croira-t-on que le procès commencé sous Charles VII ne se termina qu'en 1575 ? C'est ce que nous apprend l'historien de la maison de Harcourt. « Les différens, dit cet auteur, qui ont été meus tant pour le paiement des arrérages de cette rente dotalle que pour la contribution entre les cohéritiers de cette famille et afin de régler les compensations qui se devoient faire desdits arrérages contre d'autres detes des maisons de Vieupont et de la Ferté, font remarquer sept degrez de génération depuis Philippe de Harcourt, père de notre Blanche de Harcourt, jusques à Pierre de Harcourt, fils de Guy, qui avoit pour pére François, pour aïeul Charles, pour bisaïeul Jacques, pour trisaïeul Girard, frère de Blanche et fils de Philippe de Harcourt qui avoit créé cette rente (1). » C'est

(1) De la Roque, *Histoire de la maison de Harcourt*, t. II, p. 1581, 1582 et suiv.

envisager l'affaire en généalogiste. Pour nous, nous en tirerons cette conclusion, que la justice autrefois n'était guère expéditive et qu'on ne doit pas plus la regretter pour les causes civiles que pour les causes criminelles.

Yves de Vieupont fut tué à la bataille d'Azincourt, où mourut aussi son beau-frère Girard de Harcourt (1). Blanche, sa femme, ne lui survécut que peu de temps.

La baronnie du Neufbourg était passée de la maison de la Ferté en leurs mains par le décès de Jean, baron de la Ferté et du Neufbourg, qui n'eut point d'enfants de son mariage avec Jeanne de Garencières.

L'aînée des sœurs d'Yves de Vieupont avait épousé Pierre de Mauvoisin et fut dame de Serquigny et de La Forêt. Elle mourut peu de temps après son frère, probablement au château de Courville qu'elle habitait certainement dans les derniers temps de sa vie. L'inventaire du mobilier qu'elle possédait au château de Courville fut dressé en présence de messire Andigier, Colin Deleau, Perrinet de Grounyneaux, écuyers du prevôt de Courville, par Jean Grandin, tabellion du lieu (2). Nous croyons devoir donner ici quelques extraits de cet inventaire ; il présente le même genre d'intérêt que le document qui fait l'objet de cette petite publication.

(1) De la Roque, *Histoire de la maison de Harcourt*, t. II, p. 1587. — Le P. Anselme, t. V, p. 139. D.

(2) Cet inventaire nous a été communiqué par M. Gustave Grandin.

« En la salle haute où couchoit ma damoyselle ung lit tendu d'une chambre blanche à plain ciel couvert d'une couverture blanche.. — VI quarieaux avec ung banquier pers. — En la grant huche d'icelle chambre une sarge blanche aux armes feu Pierres de Mauvoysin et de madicte damoiselle et troys autres sarges blanches. — Un doussier, deux custodes de toille bleue. — *Item*, VI chaperons l'un de gris fourré de sendal vermeil, l'autre d'esquallatte vermoille sengle; la pate fourrée de lestisses, le tiers sanz pate fourré de menu ver et la pate de lestisses par dehors, ung de vert gay doublé de sendal blanc, un de drap d'argent vermeil pourfillé de lestisses — Un surcot long fourré de poullaines, manches plates fourrées de lestisses, de drap de brunete; 1. surcot court d'esquallate brune fourré de groingnez et de menu ver et une manche soulle de lestisses. — Une hopellande à femme de vert brun, partie fourrée de gris rouge et de aingneaux, partie à une costehardie de vert brun doublé de sendal bleu. — Unes petites cuvetes d'argent à deux orailles et à trois blanches. — Un queuvrechief dedans un petit coffret et deux vollez de lin de Vallance, 1. paigne d'iviere. — Auprès de la couche en la petite huche fermant à clef. un tableau à mettre sur l'autel. — En un coffret à sommier, deux anneaux d'or sans pierreries et IV verges autres dont l'une est brisée, deux petites buretes de cristal, deux petiz bastonnez de boys d'outremer, un petit relique d'argent ouquel a deux petitz oussemens, unes paternoustres de courail, une crois noire, 1. petite pièce de licorne, 1 petit autel benoist, une lange de serpent garnie d'argent par les deux bous, une verge d'argent, et 1. maille tout mis en une bourse de chevrotin vermoille. — Un tableau à mettre sur l'autel devant le presbtre quant il chante messe. - Une burette de verre plaine de violette d'Arménie, une sainture et un colet de fil de Valance »

Une huche fermant à clef renfermait quelques objets qui avaient appartenu à Yves de Vieupont, à savoir : « une hopelande noyre fourrée de matres, une houpelande de velloux fourrée de satin noir; 1. mantel noir doublé; un pourpoint de futaine noire doublé d'esquallates et ung galice d'argent fermant à vix; — ung estandart vert orné de moutons et plusieurs pennonseaulx; — un chandelier d'ivere à mouchete d'argent doré en un estui de cuir; — deux roumans; — une paire de moufflez de loutres fourrées de martres; — un orillier de nuit pour Monsieur; — un estuy à mettre tasses d'argent; — une coste d'armes; — quatre paires de robbes linges pour Monsieur; — de la chandelle de Bourgize en ung pouchon; — deux paires de chausses noires pour Monsieur; — unes galloiches; — deux paires de chaussons blans et un dressouer gros; — deux aulnes et demie de camelin. »

Les livres, épars çà et là, étaient pour la plupart confondus avec les objets de toilette : « En la grant huche de la chambre où couchoit Mademoiselle, trois livres que on dit estre de Chailloué, sans autre désignation; en un coffret de sommier, XXII quaiers d'eures de Notre Dame escrips et III à escripre; — auprès de la couche, en une petite huche fermant à clef quatre livres, manières de rommans, ung beuviere, unes heures de Notre Dame et de mois notées, un psautier, VI autres livres en papier touchans de logique; — dans une autre huche un petit livret de médecine. »

Les papiers n'étaient pas dans un meilleur ordre et étaient en général conservés dans des boîtes. On distinguait dans le nombre « le contrat de mariage de Pierres de Mauvoysin et de feue ma damoyselle; — l'inventaire des biens de Chailloué; — l'aveu de Courville, baillé au Roi, vérifié par la Chambre des Comptes; — une copie de l'aveu de la Forest; — une lettre pour la foy et hommage que fit de la terre de la Forest Pierre de Mauvoysin à M. de Vieuxpont; — des lettres touchant le patronage de Cabourg; — l'acte de partage de la terre de la Forest entre M. de Vieuxpont et Madamoiselle; — une cédulle que Madamoiselle avoit faite d'argent emprunté par elle des gens du Neufbourg; — un mémoire des choses que Colin Berte, changeur à Paris, avoit de Madamoyselle; — un roulle de papiers où sont les engagements de M. de Viexpont; — une lettre de 300 livres de rente que prenet M. le Sénescal sur la terre de Courville; — ung roulle de papier où sont en escript les doibtes deues par Madamoiselle aux gens de Courville; — deux lettres de congié à M. de Vieuxpont de soy demourer en laquelle qu'il voudra de ses chastellenies et forteresses sans soy remuer; — ung roulle de papier que fist Monsieur de Bourgoine et de Nevers au Roy; — plusieurs lettres de la cappitainerie de Beeux (Bayeux) (1) et une lettre du connestable pour mettre une garnison à Chailloué » (2).

Yves de Vieupont laissa en mourant plusieurs enfants, Laurent I, du nom, sire de Vieupont et de Courville, baron du Neufbourg, chambellan du Roi, Louis, Guillaume, et Marie (3). Ils se retirèrent à Blois, fuyant les Anglais et les Bourguignons contre lesquels leur père avait pris parti. Ce fut là qu'un de leurs serviteurs Jean Salerne, leur porta, en 1418, *la table du surparler de Saint-Augustin*, l'étendard vert orné de moutons et les panonceaux de leur famille avec *deux roumans* qui devaient servir à leur instruction (4).

La terre de Neufbourg fut confisquée par Henri V, et

(1) De la Roque, *Histoire de la maison de Harcourt*, t. II, p. 1585; « Gauvain de Dreux, valet tranchant du Roy fut estably capitaine du chasteau de Baieux au lieu de Mgr Yves de Vieupont, chevalier (mary de notre Blanche), par lettres du dernier aoust 1410. »

(2) Documents communiqués par M. Gustave Grandin.

(3) De la Roque, *Histoire de la maison de Harcourt*, t. II.

(4) Documents communiqués par M. Grandin.

donnée, le 1er juin 1418, à Thomas comte de Salisbury (1). Cette confiscation et la mort d'Yves à Azincourt sont des faits qui honorent la mémoire des Vieupont.

Quelques mots maintenant sur Chailloué. C'est aujourd'hui une commune de l'arrondissement d'Alençon, du canton de Séez, qui compte 730 habitants. Odolant Desnos l'indique comme le théâtre de la bataille que le comte de Bellême y livra, en 1102, à Robert Courte-Heuse (2). Mais M. Auguste Le Prevost croit préférable de le placer entre le Vieil Urou et la Briquetière.

Au fort de la domination anglaise, le château de Chailloué fut occupé par les Français. Au mois d'octobre 1431, les Etats de Normandie votèrent, sur la demande de Henri VI, une aide de 20,000 livres pour continuer le paiement de 300 lances et de 900 archers à cheval « ordonnez soubz Monseigneur de Willuby (Willoughby) pour recouvrer Bons-Moulins, Chailloué, S. Céneri, l'abbaye de S. Evroul et autres places situées sur la frontière de Normandie » (3).

(1) *Mémoires de la Société des Antiquaires de Normandie*, 23e vol. de la collection, première partie, n° 483. — Charles Vautier (pseudonyme de M. Guiton de la Villeberge), *Extrait du registre des dons, etc.*, 1828, p. 36.

(2) Odolant Desnos, *Mémoires historiques sur la ville d'Alençon*, etc. (Ed. de M. Léon de la Sicotière), p. 339. — Orderic Vital, éd. de M. A. Le Prévost, t. IV, p. 181.

(3) *V.* ma notice intitulée : *Les Etats de Normandie sous la domina-*

« Le chastel, ville, bourc, terre et juridicion de Chaillouay, avec droiture de patronage et donnaison de chapelle » était tenu en fief du comté d'Alençon (1). En 1639, cette seigneurie appartenait à Françoise de Vieupont; elle fut depuis successivement possédée par Catherine de Grosmore, 1665, 1669; par Jean-Baptiste Le Roux, écuyer, 1676, 1681; par François de Chailloué, baron de Critot, 1691, 1695 (2); par Pierre-Louis Le Carpentier de Chailloué, conseiller au Parlement de Rouen, plus tard député à la Constituante (3).

« Le chateau de Chailloué est dans un fond, accompagné de tourelles et entouré d'eau. Une très jolie porte en bois

tion anglaise, p. 43. — Mandement de Henri VI pour la levée d'une aide votée par les Etats de Normandie, du 27 mai 1432. The Rev. Joseph Stevenson, *Letters and Papers illustrative of the wars of the English in France during the reign of Henry the sixth*, London, 1864, vol. II, p. 206, 208. — Mandement du Roi d'Angleterre daté de Rouen, 13 novembre 1431 pour le paiement de 400 lances et de 1,200 archers conduits par Willoughby. Montre de 1,501 hommes d'armes', archers, 20 chevaliers bannerets conduits par le même. Archives de l'Orne. (Renseignement fourni par M. Léon De la Sicotière.)

(1) Echange entre Jean de Vieupont et Yves de Vieupont, 1393. (Document communiqué par M. Gustave Grandin.)

(2) Bibliothéque de Rouen, 71, 47, Y.

(3) Chailloué vendu le 3e jour complémentaire an X de la République, par M. Le Carpentier à Henri-Jacques-Louis-François Grimault, le 20 août 1836; par Mme veuve César de Grimault à M. Huet (Renseignement fourni par M. Léon de la Sicotière.)

sculpté, du style ogival flamboyant, décorait autrefois la chapelle. Cette porte fait aujourd'hui partie de la collection du docteur Léger, à Alençon. » M. Léon De la Sicotière qui nous fournit ce renseignement, nous a appris également que, dans un pré voisin du château, on avait découvert des tronçons d'armes et un grand nombre d'ossements Cette découverte peut s'expliquer par le siége que les Anglais ont du faire du château de Chailloué, en l'année 1432.

BIBLIOTHÈQUE NATIONALE R.F.

INVENTAIRE

DU MOBILIER

DU CHATEAU DE CHAILLOUÉ,

Appartenant à noble et puissant Seigneur

Monseigneur YVES DE VIEUPONT,

BARON DU NEUFBOURG

Et à Madame BLANCHE DE HARCOURT sa femme;

DRESSÉ LE XXI JUIN MCCCCXVI.

BIBLIOTHÈQUE NATIONALE
R.F.
IMPRIMÉS

INVENTAIRE

DU MOBILIER

DU CHATEAU DE CHAILLOUEY,

EN 1416.

INVENTOIRE faicte au chastel de Chaillouey par moy Jehan Dumont, tabellion du Roy notre sire à Sées, des biens meubles appartenant à noble et puissant seigneur mons^r Yves seigneur de Vieux pont, baron du Neufbourc et seigneur dudit lieu de Chaillouey et à deffuncte dame sa dame Blanche de Harcourt, sa femme, à la requeste de Robin de Louvigny, procureur de noble homme Jehan de Coutes dit Minguet, escuier, seigneur de Fresnay, tuteur et curateur commis par la court de Parlement au gouvernement des terres, possessions, seignories et biens meubles desdiz monseigneur et feu ma dicte dame et de leurs enfans, comme par procuracion sur ce faicte il m'eſt deuement apparu, en la préſence de noble demme ma demme Marguerite Martel, seneſcalle d'Eu, mademoiſelle Iehanne de Vieupont (demme de Foreſt) et de Serquiny, maiſtre Richart du Tertre et Guillaume Lelieuvre, icelle inventoire faicte le xiiie jour de (Juing) mil quatre cens et saize.

Premièrement, dix patrenoſtres d'or.

Item, un bouton de menues perles.

Item, deux petites croix d'argent dorées.

Item, un anel où S. Lorens eſt eumaillé.

Item, une verge d'argent de quoy Madame de Vieupont, derraine trespassée, fut épouſée, avec une verge eumaillée de vert, avec une autre verge de geel et un anel d'argent où il a de la liquorne.

Item, deux pièces de monnoye d'or qui sont bien eſpeſſes leſquelles ont touché aux saintes reliquez, comme l'en diſoit.

Item, troys pieſſes de monnoye d'argent.

Item, la bonne pierre de mondit seigneur de Vieupont et deux petitez pieſſez de liquorne et une pierre rouse à guérir du fleu de ventre, comme l'en diſoit, leſquelles choſes ſont en une bource de drap d'or de Luquez.

Item, une bourcete faicte de point où il a dedens des burletes qui ne ſont point eschaſſées.

Item, deux fillez de patrenostres de coural de quoy il a l'une d'icelles le nombre de cent ſoixante et deux et en l'autre le nombre de cent ſoixante et une patrenoſtres.

Item, une petite bourcete de blanc à quatre perles, et a dedens une des flouretez du colier de mondit seigneur de Vieupont.

Item, une petitez patrenoftrez de coral à figneaux vers de geel.

Item, un monfelet de befans d'argent dorez.

Item, monfeau de sainturez d'Outremer, de Romme et de Saint Iacquez lefquelles font grelles.

Item, deux paires de longes à boutons de perles, l'une et l'autre à boutons et befans d'or et un tournet d'or à une perle.

Item, III onclez de boutor enchaffez en argent doré dont l'un d'iceux eft depecié.

Item, un deel d'argent et un de cuivre.

Item, un crofchet d'argent où il a B. ou millieu.

Item, une pipe de saye pour meftre en un livre.

Item, un petit de femence de perles envelopéez en un drapel.

Item, un petit ymage d'yviere eftant en un eftieu femblablement d'yviere.

Item, une fainture de cuir de lerf garnye d'argent dorée.

Item, une fainture en une taffe femez de boillons d'argent dorez à treseaux.

Item, un demy-saint d'argent doré.

Item, deux paires de eurez une grande et l'autre petite lefquelles ont chafcune deux paires de chemife de toile, lefquelles petitez heurez ont une chemife de veloux noir doublée de cendal vermeil.

Item, un pou de drap damas de meiſmez la houpelande de mondit seigneur de Vieupont.

Item, une pièce de cendal vermeil contenant troys quartiers ou environ et un peu de veluel vueil et de drap d'or.

Item, troys paires de gans fourrés.

Item, deux paires de gans ſenglez.

Item, un peloton de veloux noir pour meſtre eſpinguez.

Item, v martres d'yviere.

Item, pluſieurs *agnus Dei* qui ne ſont point enchaſſés.

Item, une bource faicte aux meſtiez que mademoyselle de Serquigny donna à feue madicte dame, comme l'en diſoit.

Item, un petit coffret blanc.

Item, deux eſcherpez de drap vert doublées de blanchet decourpées et ſont ſemées de petitez platainez d'argent dorées, et en chaſcune eſcherpe a deux grans roſez d'argent dorées, et tient chaſcune roſe à une eſguillete de ſaye noire emboutée d'argent doré.

Item, deux ſainturez pareillez aux deux eſcherpes deſſuſdictes, et en chaſcune sainture a une grant roſe ſemblable des autres.

Item, une vez à caillez avec les alliers et deux carcaillez et cinq pairez de ſonnetez à faucon qui ſont de Millan.

Item, une gibeſière de toille pour le gibier.

Item, troys coiffrez de ſaye de quoy l'une d'icelles a ſervy et les autres non.

Item, cinq cens d'efpingues.

Item, un orfrays de fil d'or de Chippre en façon d'une fainture.

Item, un mirouer marqueté à merches vers et blancs que donna Madame de Ferrières à feu madicte dame de Vieupont, comme l'en difoit.

Item, un petit mirouer d'ombre qui pent à chaine d'argent lequel eft caffé.

Item, deux feurgetez à feurgier dens et orailles dont l'une d'icelles eft d'or et l'autre d'argent.

Item, deux efguilletez de faye ferrés d'argent pour foy lacer.

Item, une petite cuilleer d'argent à manche ront.

Item, un tuel d'argent.

Item, deux pairez de couteaux dont l'une d'icelles pairez font noirs, garniz de forcetez.

Item, une pièce de fil omble et une pièce de faye avec un petit queuvrich : ef broudé de fil d'or.

Item, deux faintures ferrées d'argent dorées, et n'y fault rien, à faindre fur houpelande, lefquelles font de teffus noirs, dont l'une d'icelles eft prefque ufée.

Item, un pou de muguelias envelopé en un drapel que mondit feigneur de Vieupont aporta de S. Jaques, comme l'en difoit.

Item, une gravoure et un crefmel et mireur fans lunetez.

Item, une vereulle et une des greves du manche des couteaulx à tranchier.

Item, le ſeel de madicte dame de Vieupont lequel eſt d'argent ſans chainete.

Item, un frontelet noir.

Item, deux pairez de petiz couſteaux à vereulles d'argent dorez avec deux oriellers d'eſpabre (?) vert doublé de ſendal vermeil.

Item, deux oreillers, l'un de drap d'or vert et l'autre de drap d'or vermeil.

Item, deux autres petiz oreillers ſemblables dudit drap d'or vert.

Item, un petit eſcrin rouge ferré ouquel l'en mettoit les gallons de madicte dame de Vieupont.

Item, deux petiz eſcrins ferrés, et ſont de cuir boilly, et à l'un d'iceux a pluſieurs eſguilletez ferrés d'argent.

Item, un hennap de madre couvert à un pié d'argent doré avec l'eſtieu ouquel il eſt.

Item, un galice qui defferme à viz et ſe met en troys pieſſes pour porter hors avec l'autel benoiſt et corporeaux.

Item, dix petites taſſes d'argent dont les unes d'icelles ſont martelées et les autres non, leſquelles taſſes demeurent en la garde de madame la ſeneſchalle d'Eu.

Item, un tablier de cyprès fermant à couplez et garny de tables et d'eſchez.

Signé : Daunou

Cy après enſuit la declaration et inventoire des robes et veſtemens de mondit ſieur de Vieupont en la manière qui enſuit :

Et premièrement, une robe de ſatin vert figuré de noir de rouge et de blanc, et n'eſt point fourrée.

Item, une aultre robe ſengle de veloux vermoil cramoiſy.

Item, une hucque de drap noir decouppée, toute ſengle.

Item, une robe dont le corps eſt de drap noir et les manchez, en manière d'ellez, de drap de damas de troys coulleurs c'eſt aſſavoir rouge, noir et vert.

Item, une robe ſengle d'ecarllate vermoille, laquelle eſt bien dommagiée et eſt broudée de fil d'or au collet.

Item, une fourreure de martres pour le corps d'une robe, ſans manchez.

Item, une robe de drap gris fourrée de martres.

Item, une robe de noir doublé de drap et fourrée d'aigneaulx noirs.

Item, une aumuſſe double, toute neufve.

Item, ung chapperon d'eſcarlate descouppé.

Item, ung pourpoint de veloux noir, bien eſporté.

Item, un aultre pourpoint de camelot noir ſemblablement bien eſporté.

Item, un aultre pourpoint de veloux noir, ſemblablement bien eſporté.

Item, deux pourpoins de fuſtaine à manchez eſtroitez pour armer.

Item, une hucque ſengle de drap vert, decouppée.

Item, unes moufflez fourrés de gris.

Item, deux eſtendars aux armes de Monſr. de Vieupont.

Item, une banière ſemblable des diz eſtendars.

Item, un chapperon noir à baſinet.

Item, une chemiſe de Chartres.

Item, unez paternoſtrez d'os toutes noires.

Item, une dague garnie d'argent doré.

Item, un grant paygne d'iviere ſans eſtuy.

Item, uns eſperons blans dont les boucles, moulletez et membrez ſont dourez.

Item, une aultre paire d'eſperons dorez leſquelles ſont à despareil.

Item, deux perez de manches de martres dont l'une d'icelles peres ſont à coudieres et les aultres à rebraſſier, avecquez quatre pièccez de vieullez martres.

Item, cinq perez de chauſſez noires tellez quellez.

Item, huit perez de ſoulers touz neufs à l'uſâge de mondit ſieur de Vieupont.

Cy après enſuit la declaration et inventoire des ornemens qui ſont en la chappelle dudit lieu de Chaillouey :

Premièrement, une chasuble de drap d'or vermoil et les paremens d'une aubbe, l'eſtolle, le fanon, et n'y a point d'aubbe tunique et damatique pareulx ; et avec ce deux aubbes, deux eſtollez, deux fanons, et le parèment de l'autel (et y a encor aſſez d'icelluy drap d'or pour faire un doſſier audit autel), lesquelles tunique et damatique ne ſont pas acompliz parceque il n'y avoit nulz orfrays, en laquelle nappe d'autel il n'a point de frenge.

Item, une chaſuble de drap de damas noir garnie de fanon et d'aubbe, d'amit et de parement, un frontel, un doſſier pareil à meſtre ſur ledit autel avecquez trois nappes d'autel et troys touailles à mains et un aultre eſmit.

Item, un parement de drap de ſoye noir.

Item, trois petites touailles de ling à l'ouvrage de Paris, à ſervir en ladićte chappelle, toutes leſquelles choſes demeurent et ſont miſes en eſtuy.

Item, enſſuit ce qui demeure pour ſervir la dićte chappelle, c'eſt aſſavoir : une chaſuble de veluau viollet barré de drap d'or; *Item,* une aultre chaſuble de ſoye jeaune avec une aube, deux eſſiours à main, troys nappes à meſtre ſur l'auteil, un parement de nappe d'auteil, deux touaillez; *Item,* une petite ſonnette; *Item,* deux meſſeaulx; *Item,* quatre beneſtiers et cinq poire de chienez avec une autre poire et ung grant chandellier de fer, toutes leſquelles choſes demeurent pour ſervir en la dićte chappelle, par le conſentement de madićte demmoiſelle,

Cy après enſuit l'inventoire et deſclaration des livres de mondit ſeigneur de Vieupont :

Premièrement, le livre de Boueſſe, de Conſolacion.

Item, le livre de l'Arbre de bataille.

Item, le livre des Firoloſſez.

Item, l'Apocalice faint Jehan en françoys à deux fermaus d'argent dorez.

Item, le livre de la Filipine.

Item, le livre du Gieu des efchaiz moralifé.

Item, le livre de Melibée.

Item, le livre du Teftament maiftre Jehan de Meun.

Item, le livre du Codicille en parchemin.

Item, le livre de Dême Parenfée.

Item, un aultre livre qui parle des Vertuz.

Item, un livre en papier nommé Mandeville.

Item, le livres des Troys pèlerinaïges, tout en un livre.

Item, un Sautier qui fert à Jehan de Vieupont, filz de mondit fieur de Vieupont.

Item, un petit livre contenant plufieurs Commandemens en manière de prefchement, lequel demoura vers madicte dame la fénefchalle d'Eu.

Item, un livre en françoys de la Paffion;

Cy après enfuit le nombre des robes et habillemens qui eftoient à feu madicte dame de Vieupont jadis fame de mondit fieur de Vieupont.

Premièrement :

Une robe d'écarllate vermoille de troys garnemens, c'est affavoir : un fcot ouvert, une cote fimple et un mantel à parer.

Item, une aultre robe vermoille de drap de Brouefíellez

qui foulloit eftre de cinq garnemens, c'eft affaver : la chappe, le fecot long, le mantel apparer lequel eft deffourré.

Item, une houppellande de drap de damas noir, fourrée de gris.

Item, une houppellande d'écarllate vermoille, fourrée de gris.

Item, un corcet vermoil à platez manchez, fourré de menu ver.

Item, un aultre corcet noir à femblables manchez, fourré de menu ver.

Item, un corcet vert, fourré de cendal vermeil.

Item, une houppellande noire, fourré de menu ver.

Item, une houppellande de drap gris, fourrée de croufpez de gris et les manchez d'icelle fourrées de gris.

Item, une cote hardie noire, fourrée de menu ver.

Item, une aultre cote de draps gris, fourrée de croufpez de gris.

Item, une cote fimple vermeille qui n'a nullez manchez et eft bien efportée.

Item, une cote fimple noire et une futaine.

Item, une robe longue noire, toute neufve.

Item, unx braſſerollez de drap blanc, fourrées de gris.

Item, un chapperon d'écarllate vermeil, fourré de menu ver.

Item, un chapperon doublé d'écarllate vermeille.

Item, un chapperon noir doublé.

Item, deux chapperons fans pate, fourrez de menu ver

dont l'un d'iceulx est d'efcarllate vermeille et l'aultre de noir.

Item, un aultre chapperon fans pate, d'efcarllate, doublé de cendal vermeil.

Item, un aultre chapperon noir fans pate, fourré de menu ver, lequel a efté defourré par madicte dame la fénefchalle pour fourrer une robe pour la fille de mondit fieur, comme elle difoit.

Item, un aultre chapperon noir à pate, et eft doublé.

Item, deux paires de manches, unes grifes, unes noires femblables des deux coftez hardies deffus nommés.

Item, le demourant de une aulne d'efcarllate fur laquelle hom prinft un chapperon fans pate.

Item, demie aulne de brun vert ou environ du drap que l'en eut de Ranart furquoy hon a prins un chapperon pour Marie de Vieupont, comme l'en difoit.

Item, trois aulnes de vert.

Item, un couvertouer de vert lequel eftoit fourré de menu voir où il avoit deux cents foixante dix fept ventres de menu voir.

Item, unes manchez de menu ver qui fouloient eftre en une robe de drap d'or.

Item, deux vieullez pennes, l'une de gris et d'aultre de menu ver, laquelle penne de menu ver a efté prinfe par madicte dame la fenefchalle à faire la fourreure d'une houppellande à Marie, fille de mondit fieur de Vieupont, comme elle difoit.

Item, quatre cornetez à chapperons.

Item, une piece de futaine contenant environ cinq ou six aulnez.

Item, vingt-huit pièces de dos de gris.

Item, vingtequatre leticez du demourant de pourfil.

Item, la pourfilleure d'un secot ou il (a) environ deux douzaines de leticez.

Item, huit aultres leticez qui sont en une manche.

Item, deux vieux tours qui furent ostéz de la robe de feu madicte dame.

Item, cinquante quatre ventres de menu ver à pilliers.

Item, un petit mantel doublé qui est noir.

Item, unes manches de letices qui furent faiz d'un pourfil.

Item, un mantel à parer et la cote simple qui est de meismes ledit corcet, du dit drap d'or, furent despecés pour faire tunique et damatique à la dicte chappelle, comme l'en disoit; et y a encore d'icellui drap assez pour faire un parement d'autel, et du menu ver de quoy ledit mantel estoit fourré l'en en fist fourrer une houppellande noire, comme ma dicte dame la séneschalle disoit.

Item, la couverture du cher et demie douzaine de carreaulx de drap de saye dont il y a deux grans et quatre petiz.

Item, quatre houppellandes de quoy l'en se queuvre, dont l'une d'icelle est fourrée de connins et deux aultres sont fourrées de vieullez crouspez de gris, et l'aultre qui reste des dictes quatre houppellandes est verte et fourrée d'aigneaux noirs.

Item, une aultre petite houppellande fourrée de connins.

Item, unes manches d'escarllate qui sont bien errefez.

Cy après ensuit la déclaration et inventoire du linge délyé dudit lieu de Chailloué. Premièrement :

Quatre peres de draps de lin, chacun de quatre toilles.

Item, unx semblables peres de draps neufs que a de nouvel fait faire madicte dame la séneschalle, comme elle disoit.

Item, une paire de draps de trois telles et demie, ainssy déliez comme les dessus diz.

Item, une paire de draps de lin de deux toilles et demie.

Item, unes aultres peres de draps de lin de trois telles, lesquelles l'en met sur les liz pour yceulx parer.

Item, sept peres de draps de lin de trois telles.

Item, vingtecinq livres de fil délié.

Item, quatres perez de draps de trois toillez, lesquelx madame la séneschalle disoit avoir fait faire à sainte Vaubourc, sur lequel linge il demeure à madicte dame, c'est assavoir : une pere de draps bien depportez; *Item*, III. perez de draps neufs avec x perez de draps gros de II leiz, huit orillers entaiez avec huit taiez; *Item*, III. perez de draps de II teillez; *Item*, neuf cueuvrechiefs gros; *Item*, six autres déliez.

Item, *ensuit le linge de table délyé*, c'est assavoir : quatorze servietez à l'ouvrage de Rains.

Item, demie douzaine de servietez à l'ouvrage de Damas.

Item, six aultres servietes assez grosses à l'ouvrage de Paris.

Item, un grant doublier à l'ouvrage de Damas avec une grant touaille pareille.

Item, troys aultres touailles longues à l'ouvrage de Damas avec quatre autres de deux aulnes ou environ.

Item, un autre doublier bien délyé à l'ouvrage de Paris avec deux touailles pareilles dudit doublier.

Item, neuf doubliers de lin à l'ouvrage de Paris et quatre dressours.

Item, demie douzaine de doubliers à l'ouvrage doube, telx quelx.

Item, un autre petit doublier à l'ouvrage dessus dicte.

Item, un autre doublier à grans litheaux à l'ovrage de Rains avec une touaille pareille, sors que elle est plus délyée.

Item, un autre doublier à l'ouvrage double, bien délyé, avec deux touailles pareilles dont l'une d'icelle est plus longue que l'autre.

Item, un autre grant doublier à l'ouvrage double ouquel a plusieurs figurez de gens à cheval et de oiseaux.

Item, ensuit la déclaracion des touaillez, c'est assavoir :

Sept grandes à l'ouvrage de Paris contenant environ cinq aulnes avec six aultres pareilles contenant chacune d'icelles deux aulnes ou environ.

Item, ſix aultres longues touailles à l'ouvrage de Paris leſquellez n'ont nulz litheaux.

Item , ſix aultres thouailles pareilles des deſſusdictes contenant chacune d'icelles deux aulnes ou environ.

Item, demie douzaine de grans touailles à la grant ouvrage de Paris et ſont bien uſées avec cinq petitez touailles.

Item, ſix aultres touailles deſſus dicte et ſont bien uſées.

Item, ſept petites touailles pareilles à l'euvre deſſus dicte.

Item, une petite touaille à l'euvre de Damas.

Item, quatre petitez touailles de pluſieurs ouvrages.

Item, demie douzaine de longues touailles à l'ouvrage de Paris avec ſept petites pareillez, tout lequel linge deſſus dit eſt en un grant coffre de noier fermant à la clef ſur lequel linge ma dicte dame la ſéneſchalle a prins et retenu à elle pour le gouvernement des enffans et de l'oſtel dudit lieu de Chaillouey, c'eſt aſſavoir : cinq nappez.

Item, deux touaillez de lin de cinq aulnes la piece ou environ.

Item, douze touailles petites à l'ouvrage de Paris aveſques ſix grandes touailles pareilles pour l'eſcuirie.

Item, ſept aulnes de toille à l'aune de Paris.

Item, enſuit la déclaracion du gros linge, c'eſt aſſavoir : ſix perez de draps de deux toilles et demie qui ne vallent que peu.

Item, XIII peres de draps de deux toilles.

Item, quatre peres de draps de deux toilles qui ſont preſque uſéz.

Item, deux aultres pere de draps de deux toilles.

Item, quatre pere de draps de toille et demie.

Item, dix-huit oreilliers.

Item, une grant chemise de lin laquelle mondit seigneur apporta de S. Jacques, comme l'en dit.

Item, vingt taies à oreillers telles quelles et les oreilliers fourniz de chascun sa taye.

Item, troys pere de draps neufs de deux lis pour valez.

Item, une pere de draps de deux toilles et demie.

Item, *ensuit la déclaracion du gros linge de table*, c'est assavoir : quatre nappez.

Item, six doubliers chascun merché de fil noir desquels d'iceulx il en y a un qui ne vault que pou.

Item, quatre dressours de meismes lesdiz doubliers.

Item, deux aultres doubliers de chanvre.

Item, six aultres doubliers qui ne sont point merchez et six dressours de meismes.

Item, quatorze nappez pour les tablez des valez dudit lieu de Chaillouey quine sont point ouvrés et sont assez suffisantes.

Item, dix-sept aultres nappez bien usées dont il en y a une d'icelles à chief levé et est plus longue que les aultres.

Item, six doubliers pour la table de mondit s' de Vieupont avecquez cinq aultres doubliers pour la table d'escuirie lesquels sont presque usez et six dressours de meismes, comprins cellui en quoy ledit linge est enveloppé, sur lequel gros linge il a esté baillé à madicte demme, c'est assavoir :

R.F.

III. nappez pour varlez, une petite pareille, deux à la boulengerie, troys doubliers, quatre touaillez pour escuirie avec deux touaillez à couteaulx pareilles.

Item, ensuit la déclaracion des touailles dudit gros linge de table, c'est assavoir : six longues touailles pour la table du seigneur.

Item, cinq aultres touailles longues avecques quatre petitez touailles de meismes.

Item, six aultres touailles longues bien usées avecques cinq petites de meismes.

Item, huit touailles grossez ouvrées pour la table du seigneur dudit lieu de Chaillouey.

Item, six touailles à cousteaulx.

Item, huit autres touailles à cousteaux qui sont bien usées.

Item, trois touailles pour la table d'escurie, lesquelles sont plus délyés que les aultres.

Item, sept touailles longues presque usées.

Item, une grosse nappe pour vallez.

Item, six petites touailles presque usées.

Item, quatres nappez grosses.

Item, deux petitez nappez pareilles.

Item, ensuit la desclaration des queuvrechiefs gros : c'est assavoir : dix neuf queuvrechiefs de chanvre.

Item, deux autres queuvrechiefs longs à servir les enffans de mondit seigneur de Vieupont avec six vieulx queuvrechiefs.

Item, ensuit la desclaration des choses qui sont ès coffins de cuir de l'hostel dudit lieu de Chaillouey : c'est assavoir : trois queuvrechiefs de taille de Rains dont l'un d'iceulx contient deulx aulnes ou environ.

Item, un autre queuvrechief pareil.

Item, demie dousaine de grans queuvrechiefs.

Item, vingt cinq queuvrechiefs.

Item, trois autres queuvrechiefs bien usés.

Item, demie dousaine de mouchouers.

Item, quatre paire de bendez et quatre coiffes.

Item, unes bendez groffez avec une enveloppe.

Item, un petit raseur et unx petiz sisellez.

Item, une cuiller de boys ouvré fermant à couplez.

Item, un estuy de cuir ouquel a deux paignes d'yviere unez pere de sisеaux, un gravouer avec un mirouer d'yviere.

Item, ensuit la desclaracion des coffres et huches, c'est assavoir : un petit coffre ouquel mondit seigneur de Vieupont mectoit partie de ses choses.

Item, un autre petit coffre à deux couvercles, et à deux serreures ouquel feu madicte dame de Vieupont mectoit ses joiaulx.

Item, un petit escrin ferré bien menu.

Item, un petit escrin ferré ouquel feu madicte dame mectoit son astour, ouquel est son mirouer et son peloton.

Item, une huche où l'on met les vestemens de la chapelle et les oreilliers.

Item, une petite huche où l'en met les frommages avec

une autre huche où l'en met des papiers.

Item, ensuit la desclaracion de plusieurs choses, c'est assavoir : deux couches d'arain à mettre eaue.

Item, un grant bassin plat.

Item, deux petiz bassins à laver mains sur table avec deux chauffetez à la nouvelle façon.

Item, un veul bassin et une veulle chauffete qui ne servent point avec deux petiz pallons à queue et un petit basin à teste, lesquelles choses sont en la chambre de mondit s[r] de Vieupont.

Item, un bers à bercer enffans.

Item, une orloge sonnante toute fournie.

Item, trois peignes à sereucer.

Item, deux chappelles à faire l'eaue rose.

Item, quatre pairez de chiennez de fer.

Item, quatre coffrez ferrez à porter à cheval en manière de bouges.

Item, un petit coffret ferré.

Item, un petit coffret de cuir boilly.

Item, ensuit le nombre des chambres, sargez, carreaulx et tapiz estans ou dit hostel de Chaillouay, c'est assavoir : une chambre noire contenant neuf pièces laquelle a esté tainte de blanc en noir.

Item, trois carreaulx de meismes la dicte chambre.

Item, une autre chambre blanche avec quatre carreaux semblablez.

Item, une chambre vermeille contenant huit pièces.

Item, une autre chambre vermeille contenant sept pièces lesquelles deux chambres sont bien usées.

Item, le corps d'une chambre blanche contenant cinq pieces.

Item, un pavillon que l'en tient sur les enfans de mondit seigneur de Vieupont avec une sarge blanche bien usée.

Item, demie douzaine de sarges sanguines apportées de Paris.

Item, demie douzaine de tappis à mectre sur lis dont quatre d'iceulx sont de drap vermeil, et les autres de drap vert.

Item, trois autres tappis à mectre sur lis lesquels sont de drap vermeil.

Item, deux banquiers vermeulx et demie douzaine de carreaux semblables.

Item, un banquier vert oyselé avec un semblable presque usé.

Item, un grant couvertouer rayé qui est de fil et de lange.

Item, demie douzaine de couvertures grises à couvrir valets lesquels sont de linge ou lange.

Item, un couetil de lit de trois liz neufs lesquels sont de fil noir et blanc.

Item, une sarge vermeille rayé par quatre lieux, qui guères ne vault.

Item, une autre sarge blanche laquelle est rayé par cinq lieux.

Item, ensuit la déclaration et inventoire des biens

oudit chastel de Chaillouey, c'est assavoir : deux grans liz contenant environ chacun d'iceulx deux toilles et demie.

Item, quatre autres liz qui ne sont pas si grans.

Item, dix huit autres liz moiens.

Item, toutes les couetes dessus dictes sont toutes fournies de traversiers, excepté deux petites couetes.

Item, deux carreaulx à mectre en cher.

Item, un materaz à gesir quant l'en va en guerre, lesquelz liz demeurent en la garde de ma dicte damme pour le gouvernement dudit hostel, lesquielx liz avec la dicte chambre noire contenant IX pieces, III. carreaulx de meismes, une chambre blanche, quatre sarges avec deux autres tendues, banchier vert, deux carreaulx, un petit pavillon, une sarge blanche pour les enffans, une sarge vermoille à quatre royes, une bleue des rayez, un tapiz vert, II couverturez vermoillez, une couverture rolée, *item* cinq couverturez de linge et lange pour varlez.

Item, ensuit la desclaracion des actours qui estoient à feu ma dicte dame de Vieupont, c'est assavoir : une toufle de coton.

Item, trois grans mantelez bien deportez.

Item, trois autres mantelez mendrez, plus suffisans.

Item, deux petiz mantelez à mectre par le visage.

Item, deux petitez touflez de toille de Rains à mectre sur un actour.

Item, deux autres touflez de toille de Traye dont l'une

d'icelles eſt plus grande que l'autre.

Item, une autre toufle pareille.

Item, deux touflez de mantelez et ſont toutes enſemble.

Item, une autre petite toufle à meƈtre en eſtuy.

Item, deux eſſetez où il a des touflez de fil umple et des queuvrechiefs de ſaye.

Item, deux autres gorgeretez à meƈtre ſoubz houppellandes.

Item, cinq gorgeretez à mettre autour du coul à veſtir robes eſtroites.

Item, quatre tourez.

Item, dix coiffes de toille blanche à meƈtre ſur bourrelez.

Item, deux aulnez de mantelez.

Item, deux aulnez de toille de Traye.

Item enſuit les choſes trouvées en la deſpence dudit lieu de Chaillouay, c'eſt aſſavoir : ſept pos d'eſtain rons et trois carrez avec ſept pintez rondez et huit carrées et une sans couvercle.

Item, trois choppinez rondez avec cinq ſallières d'eſtain.

Item, cinq chandeliers à double mechez et ſept ſans mechez avec ſept autres petits.

Item, deux broz de bois à traire ſidre.

Item, une grant huche en laquelle l'en met le pain de ladiƈte deſpence.

Item, un poinſſon fermant à clef et ſerreure ouquel l'en met la chandelle.

Item, deux corbeilles à lance avec un panier à porter pain ſur table.

Item, un perſouer et une veille à percer vin laquelle deſpence avec les dictez uſtenſillez contenus en ceſt chapitre demeurent en garde à madicte demme par la tradicion de ma dicte damoiſelle.

Item, enſuit les choſes trouvés en la cuiſine, c'eſt aſſavoir : huit poz de cuivre, neuf paellez d'arain dont l'une d'icelles eſt à queue.

Item, une paelle percée à couller pois avec un petit pillon.

Item, deux paellez de fer avec une vueille paelle qui guaires ne vaut.

Item, deux landiers despeciez, deux graiz, un havet, une laichefrite de fer, un coutel de cuiſine, deux couverclez de fer à couvrir poz avec un moulin à moutarde.

Item, quinze grans plaz d'eſtain, vingt-quatre petiz avec huit douſaines d'escuelles d'eſtain et un pot d'eſtain à moutarde.

Item, ſemblablement la dicte cuiſine avec les choſes de dedens deſſus dictes demourent en garde à ma dicte demme.

Item, enſuit les choſes trouvées en la chambre de la lavenderie, c'eſt aſſavoir : deux grans paelles d'erain, une chaudiere, un chauderon, deux trepiez, un chandelier de fer à pié avec une canelle, à couler laiſſive, laquelle lavenderie avec les choſes dedens icelle demeurent en garde à ma dicte demme pour le gouvernement de l'oſteil dudit lieu de Chaillouey avec les couchez, bafins, dix taffes d'argent avec fept cuilliers d'argent, troiz piengnez à fcreuffier, deux chappeles à eau rofe, *Item*, cinq poire de chienez de fer.

Toutes lesquelles chofes furent préfentement baillées par ledit Robin de Louviny, procureur ou nom que deffus, à noble demmoifelle Iehanne de Vieupont, demme de la Foreft et de Serquigny, laquelle en print et reçeut de fa bonne volleuté la garde et gouvernement, prometant iceulx garder bien et loyaument et iceulx rendre et reftituer fuffifamment quant et à qui il appartiendra et meftier fera, fur l'obligation de toux fes biens meubles et héritages préfens et advenir et de ceux de fes hommes. En tefmoin de ce, je tabellion deffusdit ay mis à cefte prefente inventoire mon figne manuel, l'an, jour et moys deffus dit.

Daunou.

Cy enffuit la defclaracion des biens meubles appartenant à noble et puiffant feigneur Monfr Yvez feigneur de Vieupont et baron du Neufbourc et fes enffans baillez par ma demoifelle Jehanne de Vieupont, demme de la Foreft et de Serquiny, à ma demme Marguerite Martel, fénefchalle d'Eu, pour le gouvernement des enffans dudit Monfr de Vieupont que la dicte demme a en garde et gouvernement, iceulx biens prins et extraiz de l'inventoire faicte aujourd'huy de toux les biens meubles de mondit feigneur de Vieupont et de fes diz enffans eftans au chaftel de Chaillouey par Me Jehan Daunou, tabellion du *roy notre sire à Sées, le XIIe jour de juing l'an mil IIIIc et saize.*

Premièrement, une chambre noire contenant neuf pièces avec trois carreaux de mesmes etc......

Tous lesquielx biens meubles madicte demme la séneschale promist rendre et bailler à madicte dammoiselle toutes et quantefoiz et quant et qui il appartendra, sur l'obligation de madicte demme et de ses hoirs, de toux ses biens meubles et héritaiges présens et advenir. Tesmoing le signe manuel de moy tabellion dessusdit cy mis en l'an jour et moys dessus diz. Daunou.

Pièce annexée audit rôle.

Assises de Faloise tenues par nous Robert Seran, lieutenant commis de noble homme Jacques de Clermont, escuier, seigneur de Cressieu, conseiller du Roy notre sire et son bailli de Caen, le merquedi XIIIe jour de novembre l'an mil cccc. cinquante et quatre, se présenta noble homme Laurens, sires et baron de Vieupont et du Neufbourg, lequel nous présenta ung roulle en parchemin faisant mencion de certaine inventoire de biens meubles et utencilles qui furent et appartindrent à noble homme et puissant seigneur messire Yves, seigneur de Vieupont, baron du Neufbourc et seigneur de Chailloué, et à deffunte noble dame Blanche de Harecourt sa femme, qui estoient succedez à leurs enffans, lefdits biens lors trouvés eu chaftel de Chaillouey, lequel roulle il difoit eftre figné du faing manuel de Jehan Daunou, tabellion du Roy notre fire à Sées, icelluy fait et appointié le XIIIe jour de juing mil cccc et faize, parmy lequel ces préfentes font annexées, en nous réquérant que icellui roulle voulfiffons mouftrer à Jehan de Pierres, advocat du Roy noftre fire en la viconté dudit lieu de Faloife, Guillaume Eude, Michel Leverrier et Gerard Tibout, efcuiers, Jehan Jehenine et Richard Louvet dudit lieu de Sées et favoir à eulx fe ledit roulle eftoit figné du faing manuel dudit Daunou et fe, alors du temps et date d'icellui roulle, icellui Daunou eftoit tabellion audit lieu de Sées, par tous les quieulx deffus nommés et aultres plufieurs notables perfonnes, après ce que ilz ourent veu et vifité ledit roulle à grant loifir, nous fut dit et rapporté accordablement que ledit roulle eftoit figné du faing manuel dudit Daunou et que de tel et femblable figne ledit Daunou avoit ufé en fon temps comme tabellion, et par lefdits de Pierres, Eude et Leverrier et auffi par iceux Louvet et Jehennine fut dit et rapporté, oultre ce que dit eft, que icellui Daunou eftoit tabellion pour le Roy notre fire oudit temps oudit lieu de Sées, duquel rapport et tefmoignage icellui feigneur de Vieupont nous requift ceft préfent pour luy valloir approbation et chofe convertie en fait, jugée ou ce quil appartiendra, ce que nous lui octroiasmes. Donné comme deffus.

Lefevre.

TABLE EXPLICATIVE

DE

QUELQUES TERMES EMPLOYÉS DANS L'INVENTAIRE (1).

Acompli, achevé.

Agnus Dei, « rondelles de cire marquées de l'empreinte de l'agneau pascal faites à Rome du résidu du cierge pascal. » M. de Laborde.

Aigneaux, agneaux, fourrure commune.

Alliers, ou *Halliers* du latin *alligare*. *V.* Le Grand d'Aussy, *Histoire de la vie privée des François*. T. 1, p. 444. — Voici la définition du *Dictionnaire de Trévoux* : « Filet tendu sur deux bâtons propre à prendre des cailles et des perdrix qu'on appelle aussi trimalier, parce qu'il est fait de trois doubles de mailles. *Rete triplici hamulo consertum*. Les alliers sont défendus par les ordonnances. »

Amict, esmit, amict (*amictus*), pièce de toile dont le prêtre se couvre les épaules.

Auloge, horloge.

Aumusse, « vêtement servant à couvrir la tête et les épaules; il était

(1) Nous avons principalement consulté pour ce glossaire, ceux de Ducange, de M. le comte de Laborde, *Notice des Emaux du Louvre* et de M. Douët d'Arcq, *Comptes de l'argenterie des Rois de France au XIVe siècle*.

commun aux ecclésiastiques et aux laïcs. Les femmes le portaient aussi. Comme il était destiné à préserver du froid, il était presque toujours doublé de fourrure. » M. Douet d'Arcq.

Autel benoist, autel bénit; il s'agit ici d'un autel portatif (*altare portatile, altare gestatorium*); l'autel portatif était généralement de petite dimension; le minimum de la longueur qu'on pouvait lui donner fut fixé à 20 pouces. *V.* M. de Laborde, au mot *autel portatif.*

Basinet, ou bassinet (*Bacinetum*), armure de tête qui ne protégeait que le crâne, à la différence du *heaume* qui protégeait toute la tête; ainsi appelé de ce qu'il était en forme de bassine.

Banquiers, Banchiers (*Banchales, banchalia*), coussins qu'on plaçait sur les siéges.

Bastonnets de bois d'Outremer, petits bâtons de bois odoriférants, aloès ou autre. *V.* M. de Laborde, au mot *Bois d'Aloës.*

Benestiers, ou *Eaubenoistiers*, bénitiers.

Besans, employé ici, je crois, dans le sens de boutons. *V.* M. Douet d'Arcq, à ce mot.

Blanc, pour drap blanc; on disait de même, un brun, un pers, un vert, etc....

Blanchet (*Blanchetus, Blanchetum*), sorte de drap blanc très commun. Le *Dictionnaire de Trévoux* définit le blanchet, une sorte de camisole blanche, *lanea vestis alba.*

Boillons, boutons, ou clous saillants; il s'agit ici de boutons.

Bouges, sac ou valise de voyage.

Bougize, Bougie, ville célèbre par la fabrication de la bougie.

Burlettes et *Bulletes*: *V.* M. de Laborde, au mot *bracelet*: « tant de bulletes pendantes à chaîne d'or. » — Ce mot s'entendait aussi de reliques, et de l'étui où on les renfermait. *V.* M. Douet d'Arcq, *Documents du règne de Charles VI. Inventaire de Charles VI.* Art. 2,247.

Camelin, drap fait de poil de chèvre, qu'il ne faut pas confondre avec le camelot. M. Douet d'Arcq.

Camelot, étoffe faite, d'après M. Douët d'Arcq, de laine très fine approchant de notre cachemire.

Carcailles, querquailles ou courcailles, appeau avec lequel on contrefaisait la voie des cailles femelles pour prendre les cailles. *V.* Le Grand d'Aussy, *Histoire de la vie privée des François*.

Carreaux, coussins.

Ceintures; « il y en avait de cuir, de soie et de laine. On les enrichissait d'or et d'argent, de perles et de pierrès précieuses, et l'on disait alors : ceintures ferrées d'or, d'argent, etc.... » M. Douët d'Arcq. « — Jean du Mesnil, escuier, dit Le Galloys sieur d'Ounebaut doit à Robert Lointier, bourgeois de Rouen, 22 l. pour argent sec presté et pour une chainture ferrée d'argent que icelui Lointier lui avoit presté à son très grant besoing. » 1401, Tab. de Rouen, Reg. 9 f° 228 v°. — « Petit chainturel à blonge et mordant d'argent de la valeur de 20 s. t. » 1402 *ib.*, f° 313. — « Chainture à femme, semée de menues semences de perles, à bougie et mordant; demi-chaint à femme et une petite chainture d'argent où il a 1. glen au bout. » 1414, *ib.* Reg. 17 f° 38 v°.

Cendal, étoffe de soie unie, se rapprochant beaucoup de notre taffetas; il y en avait de toutes les couleurs, mais principalement des nuances éclatantes du rouge. M. Douët d'Arcq.

Chambre, lit et tenture d'une chambre à coucher. id.

Chapelle, vêtements sacerdotaux et ornements nécessaires pour desservir une chapelle. id.

Chappe, vêtement de dessus, ouvert et à longues manches. id.

Chappelle, alambic.

Chaperon, capuchon, qu'on mettait sur la tête ou qu'on rejetait sur l'épaule, à volonté; souvent fourré et orné. « Caperon boutonné d'argent suroré. » 1396, Tab. de Rouen, Reg. 6 f° 245 — « Chapperon de brun vert à usage de femme, boutonné d'argent. » 1406, *Ib.* Reg. 12 f° 89 v°. « Chapperon de coulleur de viollet, à usage de femme boutonné d'argent doré. » 1419, *ib.* Reg. 18 f° 301. —

« Chaperon boutonné de perles. » 1421, *Ib.* Reg. 19 f° 268. — « Trois chapperons d'escarlate fourrez de menu voir. » 1401, *Ib.* Reg. 9 f° 218 v°.

Chauffette, chaufferette, vase de métal pour chauffer les plats sur la table. M. de Laborde.

Chausses, vêtement partant de la ceinture et descendant au-dessous du genou.

Chemise de Chartres. « On appelle ainsi, dit le *Dictionnaire de Trévoux*, une petite médaille qu'on rapporte de Notre-Dame de Chartres, qui a deux petits ailerons faits comme les manches d'une chemise »

Cher, char; il était défendu aux bourgeoises d'en avoir par ordonnance de 1294. M. Douet d'Arcq.

Chienez, chenets; dans un autre endroit, chaines.

Ciel, tenture dressée sur le haut d'un lit.

Coffins, du latin *cophinus*, venant lui-même du grec, petits coffres ou boîtes. Ce mot est resté en usage à Rouen; on dit encore un *coffin* de papier pour un sac ou cornet de papier.

Coffret à sommier, peut-être un coffret de voyage, à mettre sur une somme ou selle.

Collier, en grand usage aussi bien pour les hommes que pour les femmes.

Connins ou *conils*, lapins, du latin *cuniculus*.

Corcet, *corset*, vêtement de dessus, commun aux deux sexes et dont M. Douet d'Arcq croit difficile de se faire une juste idée.

Corneles, pointes en guise d'ornement, appliquées au chaperon et autres habillements de tête.

Cotte-hardie, vêtement commode à l'usage des deux sexes, et de toutes les classes de la société. On le portait ordinairement pour sortir, pour aller à la chasse, aux fêtes et aux tournois. — Vêtement d'un ouvrier de fil de fer et de laton, à Rouen en 1369 : « 1 cote hardie, un caperon, unes cauches, deux paire de linge-robes et 4 paire de souliers. » Tab. de Rouen, Reg. 3, f° 25. — « Cote-hardie de brunviolet ou de brunete à femme fourré. » 1402, *ib.*, Reg. 9, f° 399.

Cotte-simple, vêtement de dessous se mettant, en général, immédiatement sur la chemise.

Couete, lit de plume, mot encore en usage en Normandie; en latin *culcitrum*.

Couverlouet, couverture de lits ou couvre-pieds.

Cressinel, il faut entendre par ce mot un pot de senteurs ou de pommade.

Crouppe de gris, équivalent, je crois, de dos de gris, fourrure.

Custodes, (*Custodæ*), rideaux servant à protéger le saint ciboire; — rideaux de chambre; — enveloppes ou housses de meubles. M. Douet d'Arcq.

Cyprès; « le bois de cyprès est fort massif et de bonne odeur, quasi comme le santal. Il n'est jamais pourri, ni vermoulu, non plus que celui du cèdre, de l'ébène, de l'if, du buis, de l'olivier, et du lotus sauvage. C'est pour cette raison que les anciens en faisaient des statues, comme celle de Jupiter au Capitole. » M. Douet d'Arcq.

Deel, Dé, du latin *digitale*. L'étymologie est visible dans l'ancien mot, lequel, à ce point de vue, est regrettable.

Délié, fin. On disait encore au dernier siècle: « La toile de Hollande est fort déliée. » *Dictionnaire de Trévoux*.

Demy-saint, ou demi-ceint; V. plus haut au mot *ceintures*; ainsi défini dans le *Dictionnaire de Trévoux*: « Ceinture d'argent avec pendants que portoient autrefois les femmes des artisans et les paysannes. » Cette définition ne serait pas juste pour le moyen-âge. « Demychaint de perles à assiete d'or. » Penultième de janvier 1434, Reg. du Tab. de Rouen.

Double par opposition à *sengle*; on appelait double ou doubles un vêtement plus ample que la chemise.

Draps de Damas, de Lucques, précieux tissus faits de fil de soie tantôt employé seul, tantôt mêlé de fil d'or et d'argent. V. l'ouvrage de M. Francisque Michel, *Recherches sur le commerce, la fabrication et l'usage des étoffes de soie, d'or et d'argent.* Draps de Bruxelles, en grande estime au moyen-âge.

Dressours; ce mot désigne certainement une sorte de linge de table.

Ecarlate. « Les Ecarlates tiennent le premier rang parmi les étoffes de laine. C'étaient les draps les plus riches et les plus estimés. On s'en parait dans lss occasions solennelles; c'est ainsi qu'aux réceptions de chevalerie, les nouveaux chevaliers étaient presque toujours revêtus de manteaux d'écarlate. Les Flandres et surtout Bruxelles semblent avoir excellé dans la fabrication des écarlates... Les écarlates étaient fabriquées avec les laines les plus fines, on les teignait avec une matière colorante de prix connue sous le nom de graine d'écarlate et qui est le kermès. » M. Douet d'Arcq. — On fabriquait aussi de l'écarlate à Rouen. Le 19 décembre 1461, les échevins présentèrent au duc de Charolais (Charles le Téméraire) « trois draps entiers, c'est assavoir : une escarlate, ung drap pers et ung drap gris, des draps faits à Rouen. » *V. ma notice sur six voyages de Louis XI à Rouen*, p. 36.

Esguillette, aiguillette.

Esmit, v. *Amit.*

Essiours; le peuple dit encore des *essuyoux*, pour des torchons.

Fil d'or de Chypre, or filé ou filé d'or.

Forcetes, fourchettes; d'un emploi rare à la table, antérieurement au XVIIe siècle. *V.* M. de Laborde, au mot fourchette.

Fourrures. M. Douet d'Arcq cite une robe de six garnements où l'on n'avait pas employé moins de 2,312 ventres de menu vair. On faisait au moyen-âge un grand usage des fourrures. Notre inventaire suffirait à le prouver.

Frontelet, partie de l'armure de tête; synonyme, je crois, de *Frontel*, mentionné dans un texte de Ducange au mot *Bacinetum.*

Futaine, étoffe de coton qui paraît comme croisée d'un côté; — sorte de vêtement fait de fûtaine. M. Douet d'Arcq.

Galice, calice.

Galoiches, galoches, chaussures à semelles de bois.

Garnements, parties de robes : « Surcot ouvert, cote simple, mantel à parer »; ailleurs : « chape, secot long, mantel à parer. »

Geel, jais.

Gibecière, employé dans le sens actuel ; signifie aussi bourse ou aumônière.

Gravoure ou *Gravouer*, instrument de toilette servant à séparer les cheveux sur la tête. M. Douët d'Arcq.

Gris, écureuil du Nord, dont le poil devient cendré en hiver.

Hanap, vase à boire, monté sur un pied assez élevé, en quoi il différait de la coupe. *V.* Legrand d'Aussy.

Hom, *Hon*, pour on, du latin *homo*..

Houpelande, vêtement de dessous commun aux deux sexes, fort en usage à partir de la seconde moitié du XIVe siècle. « C'était, dit M. Douët d'Arcq, un vêtement qui avait des manches et un collet et qui se fermait par des boutons ou des lacets. » — Un huchier de Rouen, en prenant un apprenti, retient que le père vêtira l'enfant d'une bonne houppelande neuve. 1398, Tab. de Rouen, R. 7, f° 95 v°.— « Houpelande de vermeil velu doublé de fustaine pour 100 s. t. » 1397, *ib.*, Reg. 7, f° 54. — Une houpelande, 40 s. t., 1395, *ib.*, Reg. 6, f° 217. — « Houpelande de couleur de brun vert et doublé d'un vert gay. » 1408, *ib.*, Reg. 13, f° 144, v°.

Hucque (*huca*), *ricinium quo scilicet mulieres olim caput operiebant.* Ducange. On voit par le même auteur que les chevaliers dans les tournois portaient des *Heuques* ou voiles d'*orfeverie*.

Letices, petites bandes de fourrure employées dans la *pourfilure* des vêtements. M. Douët d'Arcq.

Licorne. Dans toute l'antiquité et jusqu'au XVIe siècle, on a admis l'existence d'un unicorne distinct du rhinocéros, et on a attribué à sa corne des propriétés merveilleuses, contre certaines maladies, et contre le poison. M. le comte de Laborde croit que la *licorne* mentionnée si fréquemment dans les inventaires du moyen-âge est la dent du narval plutôt que celle du rhinocéros. Je serais porté à penser que la présence de la corne de licorne dans un anneau de mariage, tient moins aux prétendues propriétés médicales qu'on attribuait à cette matière, qu'à l'idée qu'on avait eue de faire de l'animal qui était censé la fournir un symbole de la virginité et de la religion. *V* le *Bestiaire divin* de M. Hippeau, le *Physiologus* de S. Epiphane.

Linge fin à l'ouvrage de Damas, de Paris, de Reims. « Cette dernière ville était renommée pour la fabrique du linge de table. Souvent même, tant les ouvrages sortis de cette manufacture avaient de réputation, c'était un des dons que la ville offrait aux souverains. » M. Douët d'Arcq.

Litheaux, peut être pour listeaux, de *listel*, bande.

Longes, courroies.

Lunette de miroir, plaque de métal poli, placé derrière un verre et reflétant les objets. Ce mot vient de la forme ronde de la plaque. M. de Laborde.

Madre (*murra*), pierre lucide et jaspée ; agathe suivant M. Douet d'Arcq. — Mobilier de la maison des Bourssectes sur le Petit-Ruissel à S. Maclou de Rouen : « douzaine et demie d'escuelles d'estain, autant de saussiers, 6 petits plas et 2 grans pos d'estain, 5 chopines, 2 juistes, 1 galon de mort estain, 6 petits doubliers, 6 touailles en deux pièces, douzaine de hanaps de madre. » 14 mars 1400, Tab. de Rouen, Reg. 9, f° 139. — Deux blans hanaps de madre. » 1402, *ib.*, Reg. 9, f° 313.

Maille, peut être pour malle.

Materas, matelas.

Matres d'yvières, peut être des images ou statuettes de saints ou de martyrs.

Menu-ver ou *Menu-vair*, sorte de fourrure, difficile à déterminer ; plus recherché et plus cher que le *gros ver*. M. Douet d'Arcq.

Messeaux, missels.

Mirouer d'ombre, miroir d'ambre ; *V*. M. de Laborde au mot *Miroir*.

Moufles, grands gants sans séparation pour les doigts.

Muglias ou *mugle*, musc; muguet, fleur blanche, poudre ou odeur de muguet (*Muscus*).

On ne sentoit que muglias.
Marjolaines et roumarins (Coquillart).

Ce poëte s'est servi du mot *muglias* pour désigner toute espèce de senteurs et d'odeurs. M. Douët d'Arcq, *Documents du règne de Charles VI*. — « Poche de l'animal qui produit le musc; cette poche étoit nécessairement odorante. On comprend que nos ancêtres en aient fait usage pour doublure de bourse et garniture de boutons. » M. Francisque Michel, *Recherches sur le commerce, la fabrication et l'usage des étoffes de soie*, t. II, p. 473.

Or de Chypre, soie recouverte d'un fil d'or dont on se servait pour les broderies et dont on faisait un grand commerce, spécialement à Gênes. M. Douët d'Arcq.

Oriellers, oreillers.

Oysellé, représentant des oiseaux.

Paelle, ce mot s'appliquait à divers instruments de métal; c'est l'équivalent du mot poêle.

Paigne, *picngne*, peigne.

Pannonceaux, petits drapeaux.

Peloton; « une couraye ferrée d'argent à usage de femme; ung peloton boutonné d'argent. » 1418, Tab. de Rouen, Reg. 18 f° 2.

Penne; ce mot désigne une fourrure en général, et non pas une espèce particulière.

Pers, bleu foncé.

Pipe de soie, bourrelet de soie, auquel étaient attachés les signets d'un livre.

Plates, *plataines*, plaques.

Poullaines, *pellis ex Poloniâ, undè nomen, advecta*. Ducange.

Pourfil, bordure brodée d'un vêtement ou d'une fourrure.

Queuvrechief, couvrechef, coiffes ou bonnets de nuit.

Rayés, *raiés*, *royés*, sorte de draps; les rayés opposés souvent aux draps pleins; Gand célèbre au moyen-âge par la fabrication des rayés. *V*. M. Douet d'Arcq.

Robe, « habillement complet dont chaque pièce s'appelait un garnement. On trouve des robes de 2, de 3, de 4, de 5 et enfin de 6 garnements » M. Douet d'Arcq. — « Robe à 6 pièces, 3 fourrées, les autres non fourrées, 20 l. 2 s.» 1364, Tab. de Rouen, Reg. 2 f° 119. — « Robe fournie dont le surcot sera fourré. » 1362, *Ib*. Reg. 1. f° 156. — Le mot robe désignait pourtant aussi à la même époque un simple vêtement. On distinguait les *robes closes*, les *robes ouvertes*, les *robes longues* et les *robes courtes*. — « Longue robe close fourrée de gros ver. » 21 avril 1391. *ib*. Reg. 5 f° 62 v°. — « Robe ouverte » 1421, *ib*. Reg. 19 f° 268.—« Robe ouverte merveille. » 1422, *ib*. Reg. 19 f° 439 v°.— « Longue robe ouverte fourrée. » 21 avril 1391. *ib*. Reg. 5 f° 62 v°.— « Longue robe fourrée de gros vair. » 1396, *ib*. Reg. 6 f° 245.— « 2 longues robes à usage de femme. » 1419, *ib*. Reg. 18 f° 239. — « 2 courtes robes. » 21 avril 1391. *Ib*. Reg. 5 f° 62 v°. — « Courte robe fourrée de grougnes de gros voir. » 1396. *Ib*. Reg. 6. f° 245. — « 3 robes à usage de femme, l'une de drap d'escarlate fourrée de gris à manches ouvertes, l'autre de vert perdu fourrée de gris et à manches ouvertes, l'autre de vert gay fourrée de menu vair à manches ouvertes. » 13 Janvier 1424 (v. s.). Reg. 21. f° 213. — En 1362, une personne donne tous ses biens à deux mariés à condition qu'ils lui feront avoir « tous ses nécessaires sa vie durant, chacun jour un pot de vin, une robe fournie dont le surcot sera fourré, et à son décès 30 francs d'or pour faire sa volonté et son testament. » *Ib*. Reg. 1. f° 156 v°.

Robbes-linge, chemises

Rose, médaillon.

Scot, *secot*, *seurcot*, surcot, espèce de robe longue commune aux hommes et aux femmes; il y en avait de deux sortes; le surcot clos et le surcot ouvert, le premier à manches et descendant plus bas que le second. C'était la pièce la plus essentielle du costume. M. Douët d'Arcq. — « Petit secot fourré de connins et de drap de mourée. » 1411. Tab. de Rouen, Reg. 18 f° 239.

Seel, sceau; les sceaux se portaient généralement suspendus à des chainettes.

Semences de perles. « Les perles de compte sont les grosses, on désignait les petites par le terme de semence de perle. » M. Douët d'Arcq. *Documents du règne de Charles VI.*

Sengle, (*singulus*), ce qui n'est ni doublé, ni fourré.

Serges, étoffes lisses et grossières, toujours de couleur verte ou rouge. M. Douët d'Arcq. Il se faisait des serges de Caen un grand commerce au moyen-âge,

Seurgeles à Seurgier ou Sereucier, ce qui revient à dire petits instruments de chirurgie pour curer les dents et les oreilles. Les Anglais ont conservé le mot, *surgeon*, pour chirurgien.

Solers, (*solulares*), souliers.

Tablier de cyprès; petite table pour tous les jeux qui se jouent avec des pièces mobiles sur une surface plane. M. de Laborde.

Tasse, bourse; on appelait *tasseliers*, ceux qui les faisaient; c'est le *tasca* des Italiens.

Touaille, sorte de toile qui se débitait à la pièce, non pas à l'aune. M. Douët d'Arcq. — Mot conservé dans les campagnes de la Normandie pour désigner la nappe.

Tourel, sorte de coiffure de femme.

Treseaux pour *tressons*, tresses ou galons.

Tuel, chalumeau dont on se servait pour humer les liquides. M. de Laborde.

Velour, *veluel*, *veluau*, velours.

Verge, cercle de la bague distinct du chaton. On donnait une verge ou un anneau à la future au moment des fiançailles; les plus pauvres donnaient une pièce de monnaie ou même un fruit.

Ventres de ver; le menu vair se débitait toujours par ventres.

Vez à cailles, voix à cailles, appeau pour les cailles.

Vireule, virole, « cercle qu'on met au bout d'un manche pour empêcher qu'il ne s'éclate. » *Dictionnaire de Trévoux*.

BIBLIOTHÈQUE NATIONALE R.F. IMPRIMÉS

www.ingramcontent.com/pod-product-compliance
Lightning Source LLC
Chambersburg PA
CBHW071251210626
46818CB00013B/968